[illegible][illegible]ら水

Kawashima Aoi

川島葵句集

ふらんす堂

目次

句集　ささら水

ここからは

短日のバスが唸りて停まりたる

初夢の肩から上を見なくては

松過ぎの業平橋のちと先へ

火を置いて冬耕少しづつ遠く

古草も菜屑も雨を待つばかり

大いなる餌をとりこぼし春鳥

プルタブの指輪が光る春の泥

すつからかんになつてをりたる朝寝かな

てのひらで雨を見てゐる涅槃かな

桜蘂降り継ぐ墓を繕ひぬ

葉桜のずしりずしりと吹かれをり

シャツに風はらませてゐる端午かな

六月が行つてしまへば家古りぬ

立ち上がる二番蚕に風湿りたる

夏帽や子供ながらに訴ふる

おぶさりてやうやく眠る泉川

乗船と下船の扇すれ違ふ

きらきらと車の走る青田かな

ひた走る芋名月の犬つころ

水飲んでまた歩き出す棉吹く日

すすり合ふ昌平坂の走り蕎麦
いづこかへ消ゆどんぐりに穴あけて

時雨るるや道後は夜にさしかかり

見覚えの顔が寝てゐる暖房車

暖房や絵本の熊は家に住み

寒菅や雨情の庭のこぬか雨

搗きあがる餅に慌ててゐる二人

水底の草の明るき氷点下

白鳥を見にゆく雲の焼けてをり

白鳥の諍ふ波の届きけり

早梅や息がとゝのふまで待てよ

貎鳥のぐるりに牛の匂ひくる

訪ね来る人のあるごと春灯

むら雲のどろりと別れ葦の角

土曜日は車のある日八重桜

この駅に降りるあてあり別れ霜

麦秋や鼓は座り笛は立ち

余り苗小さき蝶を含みゐる

腸の灯されてゐる守宮かな

きらきらと朝の風や蜘蛛の狩

万目を毛虫の色の通りけり

夏服や左腕とふ長きもの

目の色の冷たく深く日焼人

遠くまで来過ぎてゐたる羽抜鶏

盆秋の列車の着きし川の傍

菜箸は糸で繫がれ盆支度

猿酒の吹きつさらしやほまち畑

秋風や鳩は雀の中に降り

露の世の眼鏡が割れてしまひけり

花園の傘がにはかに売れてゆく

足もとの嵩張りて来し蔓たぐり
末枯るる車窓に若き指を組み

一つづつ蜜柑を持つて出て登る

葱畑に続く野面に犬を飼ひ

煤逃げの猫が寝てゐるメルセデス

初空を小さき鳥の速きこと

川べりを人々の来るどんどかな

鶏の走り抜けたる寒肥

なやらひのことりと戻る男あり

羽繕ふことの長しや冬の果て

春浅き犬に大きな声を出し

野つぱらでバスを乗り継ぐ雨水かな

芹土筆摘みてほつそり戻り来し

ここからは歩いて行けと水温む

春の夢より白砂のこぼれ来る
物種の冷たくもなく温くなく

ふらここを押してもらひて怒り出す

ひらがなの逃げ出してゆく花粉症

豆の木に六月の雲集まりぬ

十薬のけがれ無き日の早出かな

月島に大きな百合の蒼ざめて

螢火のくつついて来る又従兄弟

末席の激しく使ふ扇なる

車よりぽろりと子供降りて秋

深川に雨の暇や星祭

どうせ止む雨の降るなり草の市

起きぬけの声の掠れて生身魂

手のひらのさらさらとして新学期

弁当の端つこもらふ豊の秋

こほろぎを跨ぎここより天台宗

長き夜の鉛筆削り腹透けて

朝風のまにまに栗を拾ひけり

どんぐりのかすかな影を拾ひけり

新蕎麦に肘のぶつかる深大寺

初霜や父亡き佐久の広々と

本棚の上に居座り風邪の神

酔つぱらふ前の鯛焼き買うてをり

靴の石捨てて勤労感謝の日

手袋を落としましたよ日溜りに
お日様のぽちゃんと浮ぶ鴨の水

年の市木つ端をあげて立ちにけり

シューマンを口遊み果樹園の冬

限りなく

山茱萸の高々とまだ早き数

コンピューター消し蓬生に来てゐたり

いくたびも水に映りて恋雀
尾つぽだけ返事をくれてあたたかし

行きずりの春ストーブや資料館

雛の間の四隅が暮れて来たりけり

風音に囲まれてゐる朝寝かな

原子炉にひたすら注ぐ春の潮

からものの花に流るるラジオかな

北国のまことに耐へて遅桜

野に揚げてほむらとなれり鯉幟

一枚を掃きに行くなり夏落葉

小満の雀が浴びて犬の水

昼顔のひとつひとつや限りなく

いと小さきものの飛び込む茂りかな

涼しさや二足歩行となりてより

物書きに緑陰の家ありにけり

赤土を駆け下りて来て羽抜鳥

きつねのかみそり森衰へて来たりけり

大石に小石が跳ねて迎へ盆

迎へ馬ぷすりぷすりと仕上げけり

鯛や樫も桜も暮れて来て

影に穴あいてをりたる秋暑かな

冬瓜をどうするかまだ決められず

棉の実のたそがれ色を摘みにけり

水といふ酒をまはして里祭

身を細くして山茶花の盛りなり

空き腹で戻るはずなり葱刻む

手のひらの上にピーナツ年を越す

十二輛編成の尾が枯れてをり

またたきて光太郎忌の羽風かな

緑さしつつ日食の終はりけり

胸ぐらを影の打ちたる鯉幟

夕虹を見てゐる息の静かなり

濡れてゐる朔太郎忌の裏通り

羅の触れ合うてゐる法事かな

横十間川の日照雨や青薄

網打てば雨の広がる羽田沖

甲虫を掃き寄せ今朝の暑きこと

ハンカチを返さなくてもいいと言ふ

空近き席となりたる新学期

朝風呂に木の葉一枚来て浮ぶ

荒星のひとつひとつの古びゐる

雪富士に雪無き山の添うてをり

嫁が君出かける支度してをりぬ

風音にコーヒーたてて二日かな

焼芋を分け合ふ顔の近すぎる

ぽかぽかとなやらひの昼来てをりぬ

梅咲いてクリーム色の小学校

料峭の父呼ぶ声は吾の声

船人

まんじりとしてゐる浅蜊買ひにけり

呼んだかと呼んでないよと暮れかぬる

淡雪にあひる浮かべて井の頭

筍を探す同士がぶつかりぬ

むぎあきの我が子のやうな見知らぬ子

樟脳の木の下にゐる夏帽子

更衣してのんびりとついて来る

噴水の傾きやすき二人なり

手のひらを剝がして進む守宮かな

くちなしは紅茶の色に褪せにけり

えんぴつに蜘蛛が片脚掛けてゐる
二の腕はいつも冷たしはたた神

狐の剃刀のうはさ立ちてをり

新涼の畳波打つ蘆花の家

雨のごと七夕竹をくぐりけり

誰ぞ湯を沸かしてゐたる豊の秋

答ふるに僕に小鳥の名を聞くな

生垣に石垣に触れ秋の声

夜業して船人のごと星を見る

柃を散らして行きぬ夜這星

短日の声が飛び出す電子辞書

雨の降る夢から覚めて三の酉

そのやうにしますとだけを寒き中
着膨れて安い時計をして君と

霜柱たふるる時はきらめけり

初春の猿に名のあり宙返る

池の辺に雨のぱらりと寒ゆるむ

豆打ちて軒端の闇を増やしけり

針金を編んで妻恋鳥なり

囀りにほとほりてきし机かな

明六つの声濡れてをり浅蜊売

霾やコンビニに着く流れ者

花挿せば父母の墓霞みけり

春の雲動物園を過ぎにけり

龍天に登りて行きぬ犬残し

百円を握りて草の芳しく

気のせゐの雨が降るなり若葉風

翡翠を頭の中でまき戻す

学名を言ふ時摑む薔薇の首

板塀の一枚外れ花うばら

ともかくもズボンを履いてダービーへ

ミュージカル涼しき星を揚げにけり

雨音の勝りてきたる扇風機

蛇の衣かなぐり捨ててあるらしく

梵鐘の響きすぎたるましら酒
虫の音のひとつふたつと冷めてゆき

つゆくさは夜空のにほひしてゐたる
モーニングコーヒー雲の冷えてをり

花を売る色なき風の十字路に
龍淵に潜むときをり尾を返し

消火器の露けき郷土資料館

露けさの猫が着てゐる縞模様

ボクシングジムごと枯れてゐたりけり
並木道クリスマスには間のありて

ひと時雨ありて熊谷陣屋開く
湯たんぽのまだ温かき夢流す

義士の日の番茶が二つさめてあり

二度寝して降誕祭の朝戸かな

大年の星の隣りに布巾干す

鉛筆の鉛の粉や冬休み

剝製に武蔵野の冬あたたかし

箱を出てバレンタインのチョコ曇る

つちふりてポトスに花の着かぬ国

裏返すこともあるらむ獺祭魚

猫

放送の日の漬物と味噌汁と

目的地打ち込みてより風光る

道場に春ストーブと先生と

春風よ猫を返してくれないか

屋根替のお触れが濡れて乾きけり

杏花雨の水面明るし思ふより

雨脚も誕生仏も直ぐなるよ

さらさら水雀隠れを分けにけり

満ちたりてゐてパンジーは暗き花

シャボン玉なんてやりたくないのかも

小満の猫を抱けば夜の色

川崎の見ゆる川風暑きこと

逆立ちの涼しき腹の並びけり

ぎらぎらと鮎解禁の水分かれ

軒古るや花の噴き出すねずみもち

夏の灯の大きひとつが消えにけり

首根っこ摑まれてくる扇風機

草刈ればば草生えて来る鎮守様

これまでもこれからもなく泳ぎゐる
家広くなつた気のして秋祭

星合の瓜はきれいに割れにけり

友達が呼ぶ朝顔の萎むころ

町川のたぷんたぷんと盆休暇

墓参りやめてごろごろしてをりぬ

掃苔の顔寄せ合へば似てをりぬ

荒垣をくぐりて来たる処暑の風

静かなる声の開きし秋扇

待宵の花に水やる佃島

唐辛子掛けて煙たきところかな

キリストも我も冷たき者なれば

武蔵野の奥へ奥へとクリスマス

仲見世に肩を入れたる師走かな

鷹匠の鷹を待ちゐる影法師

一室の灯りてゐる薬喰

初天神猫にご飯をあげてから

かた雪に雀糞する初天神

シクラメン葉をととのへて立ちにけり

春障子あつといふとき破かるる

佐保姫に調へてあり昼の膳

草芳しき山城を明け渡す

梨の花よりもとほくを歩みをり

町へ行くリュックに茅花流しかな

ねずみ麦いぬ麦からす麦に降り
休業のボートに足が生えてくる

年寄ればば麦稈帽子似合ふなり

早乙女に城山の森遠からず

この家の柾の花が星の数

草深く蠅毒草と言ふ名なり

クロールの人の心とすれ違ふ

コスモスと蜂と里山コンサート

末枯れを歩き過ぎたる夢見かな

霜降のこの筵より古着市

亀冬眠しないつもりの十五階

山茶花を散らす西濃運輸かな

小春日の松青々と池の鯉

日溜りとなりたる村や熊が出て

冬の日を射落とし風呂を沸かしけり

ひと時雨あればば古びしノートかな

はんぺんをなだめてゐたるおでんかな

寒林の月は片身に切られあり

室長の跨がれてゐる忘年会

マカロニの穴の湯を切るクリスマス

店長はセントニコラスレジを打つ
ゆりかもめ街にぎやかに淋しげに

雨傘の雪傘となる刹那かな

水仙の香りの束の揺れ戻り

内藤新宿枯芝の盛りなり

豆撒けば風に当たりて柘植を打つ

浅春のともがら草をさびしめる

古草に座せば笠雲潤みたる

黙々と耕すばかりよく痩せて

剪定が済みてぽかんとしてゐたる

寒食と言ふ命日を灯しぬ

午後からはいたく弱りし花苺

夕さりの杉に雨降る山桜

ひと粒で止みたる雨や仏生会

雨音のいきなり近き夏落葉

久子さんへ

緑陰に会ひ珈琲で乾杯す

あぢさゐの衰へしるき札所かな

昼寝より二十五歳の猫起きる

大きくて南瓜の花の頼りなし

ティーシャツに臍の窪みや水遊び

白靴に尾行されてはいなかつた

燈籠に昼の灯の入る土用かな

八月の風のしたみづ字を濡らし
踊からふつと抜けしに訳はなく

鬼蜻蜓ぐらりと辻を折れにけり

宵つ張り男に蚯蚓鳴きにけり

望月に雲の絵巻のなだれ込む

白鼻芯住む町の夜の長きこと

三四郎池に飛び込む木の実かな

井の頭公園にだけ冬が来て

ポケットの冬日を出して森を出る

温室の床濡れてゐる棚曇

着ぶくれていついつまでも譲り合ふ

荷物みなこの短日に使ふもの

短日のあまりてなどか鳴く羊

下校子の大人のやうな噓かな

石膏のごとき手に出す風邪薬

追羽子の手練れといふを連れて来る

日をすずろ歩きしあとは新年会

よぼよぼの猫置いて来て野に遊ぶ

こんなとき薬が効いて花粉症

古雛を冷たく暗く飾りけり

春雨に満ち足りてゆく虚空かな

青麦の丈のまぶしくなりてをり

龍天に登りて行きぬくるほしく

ゴールデンウィークの雀すぐなつき

あとがき

空き地の雑草が気になるようになった頃、季語を知った。アレチノギクもある。「歳時記」は動植物民俗学辞典だ。なんと楽しい辞典だろうか。季節というより時間そのもの。人の喜怒哀楽と無関係に在りながら、季語に重心を置いても、気持ちは救われる。季節がいつも頬をかすめている。

二〇一八年六月吉日

川島　葵

著者略歴

川島葵（かわしま・あおい）

昭和34年　東京生まれ
昭和58年　中央大学文学部卒
平成８年～12年「泉」にて、石田勝彦、綾部仁喜
　　　　　に指導を受ける
平成17年　「椋」創刊により入会、以後石田郷子
　　　　　に師事

俳人協会会員

句集『草に花』（ふらんす堂刊）

〒155-0033
東京都世田谷区代田5-35-26
yamanekoken@msh.biglobe.ne.jp

句集　ささら水　ささらみず　椋叢書27

二〇一八年九月二五日　初版発行

著　者——川島　葵

発行人——山岡喜美子

発行所——ふらんす堂

〒182-0002 東京都調布市仙川町一—一五—三八—二F

電　話——〇三（三三二六）九〇六一　FAX〇三（三三二六）六九一九

ホームページ　http://furansudo.com/　E-mail info@furansudo.com

振　替——〇〇一七〇—一—一八四一七三

装　幀——君嶋真理子

印刷所——日本ハイコム㈱

製本所——三修紙工㈱

定　価——本体二四〇〇円＋税

ISBN978-4-7814-1097-5 C0092 ¥2400E